実視連星

Arakawa Yoji
Jisshirensei

荒川洋治

思潮社

詩集　実視連星　目次

装幀＝芦澤泰偉

実視連星

二〇〇六——二〇〇九

船がつくる波

いま見えている波は波
船が水をかき
そして進み
それがつくる波
そのまた波

くぐるときに

高くから見る人
手を上からふっている
買い物のかごと

ぺたんとした目
買い物のあと

水はその次に来た船に
与えられ　借りられ

真金は
鉄のこと
鉄はきのうから　わたしのもの
ちいさな前の橋

借りられて
支払いをすませ
彼のもの

強い箱がたの　波
涙をのんで
涙を浮かべては

何年も
いもをかじりながら
ちいさな前の橋

三六度

詩「はり紙」
西1雉
となりが西2雉
西3雉
どうも雉とは動物ではないらしい
西4雉
文字ではないらしい

「口紅」

目のなかで
毛をゆっくりと返し
体温を測る
銀貨の応答で興奮すると
三六・八にあがり　そのあとは
三六・四　三五・九　三六・三など
大方の数字を記録するが
三六・〇には　なれない
若い哨兵の
大きな枝の口紅
赤い血が　門で見えない

三六度線は茂州（ムジュ）のあたりだ
詩の題「死六臣・生六臣」
サユクシン・センユクシン
さあ　たしか
そんな文字を読んだことがある
李朝期、何かの動乱で
さあ　六人は死に
ほかの六人は、草野に下る
血が見えないよう
袖をひっぱり
また　ひっぱり

三六度線は日本海に出ると　大日ケ岳にぶつかり
茅野、両神、桶川の農荘、美田をなで、

鹿島の鳥居からまた海に出る
横断中は　静かだ
浜辺の林に入ると
樹皮に止めた　潮からい　はり紙が光る
この肉を「ちいさいよ」と言うことができる

駅で　電車を待つ
それが予定よりも一〇分ほども早いとき
詩「だからといって」あたりの風景を
眺めることはない
横断は静かで世に暖かだ

所用で来た人も
つかのまの　六人の生存を見て

取子車のように
くるくる語りあう
「この肉、小さいね」というと
みんなが逃走のように　頭を高くした
詩「大対戦、大対盧」
腕を高くし
不明の題目をいただき、
それではじめることは
少しだけ門のなかへ伸びていることだ
西1雉、出発
西2雉、開門！
そでをひっぱり
六人が七人になるようであれば
ふえた一人の背を

太陽が押すのであれば

家族のなかのひとりは手をあてて押し切る

「ねえ、また回ってきたの」

——西1雉は、ぐるぐる回るのがいいみたい

「こんなおそくに開いてないでしょ」

——開くのがいいの？

度量衡

「春」
一斤は　北魏五一五グラム
北周では六六〇グラム
板の間でガラスの瓶に入ったパンを
乳のようにゆする
その乳首と
ひげが一晩こすれあううちに

目を伏せ
はずかしそうに
また現れてきた
ひげが

ひげとガラスだと
思い出は濃くなる
黒い借り物の糸とはちがうためだろう
だがもう測れない
止まったブランコの前に立つように
測る気になれない
市尺　市升　市斤と
みんなのひげは
いま弟たちの機械のまわりに集まるから

度量衡を
変えなくてはならない

「一尺は隋から唐へで四ミリ伸びた」
こんなにひげが伸びるのだから
尺をあて　秤で正していると
いたどり競べは尽き
朝と夜は同じ
ということになる
仕事だ　仕事で燃える！
會舘の玄関の椅子が少しずれているので
早番・恵子と、遅番・よみこの目がぶつかる
「あんた、なおしなさいよ」と

どちらかがいう
よみこはミリが好きだ
神社の壁で　また考えた
ひげから思い出した
壁のところでは
「楽しいね」と、恵子が
もちのように
歩いていた
こんなときにこんな、もちのところ
どうして壁の国まで来れたのだろう
旅行なの？　海外旅行？
こっそり椅子の位置をなおしながら
鍵盤をもちあげて（もちあげられるかな？）
ひげのそばにやってきて

恵子は仕事が気になり
會館のある　真淵の
国もとへ帰る
キロが好きだ
でもどうして
ミリのよみこも一緒なのか

ひげはつくしのようにも
幕末の海堡のようにもみえてくる
そのあと朝鮮の人たちを並べたこともある
それは郊外においてで
どんなふうに並べられたか
どんな距離で見ていたか
恵子が夜　會館の椅子をもとの位置にと

動かしはじめた
若い女にひげのはえるころ
センチの思い出ははじまる
若い女のなかで
燃えさかる

會館と小学校がある
ひげのまわりはいま弟たちだ
弟たちが連れる
妹たちの合唱ばかりだ
度量衡を変えなくてはならない
「唐から宋・遼で八ミリ伸びた」
よみこは言い　上司に
春の給金を渡すと　分銅に返る

裁衣尺で
紐のように歩きだす
ひげのまわりはどうなのか　どのくらいか
地面は
つくしの目は
春の楕円の丘は

彦太郎

I

いつもの彦太郎に戻されてしまったときなど
都心に向かう人たちの列は乱れる
詩と紙は切り離され
詩集も落し紙も消えていく
学校の片側を歩いたあと

その服のまま路地に入り　林檎を拭くことになった
人通りはないが
いつ客が来るかわからず（名前の似た、毛銭など）
そのときの　その人のために
林檎を拭きつづける

原州という町のはずれで
金史良は戦死した　方向のない兵士のまま（毛銭など）
いまそれを知ればそのために
そちらに向かうことになる　当たる　それしかない
都心にいることはできない
よその傷みで生きていくしかない
その理由をだらしない帯のまま見つけなくてはならない
急な暗がりに吹く

なまあたたかい風
裂目のところにちょっと手をあてた
(うまくあたっていない)
少女が顔を伏せたまま　ずるずると歩いてきて
その人の戦死も終わろうとするのであれば
かつて一代の惨劇があった路地からも
人をだましたあとのような
鼓動をだいて
そちらへひとりで向かうことになる
当たる　それは遠くから見る
よろこびで　煙のようなよろこびだ

II

夏なのに
しもやけになり
六年ぶりの原州は
摩擦しながら歩いた
墓標らしく橋のたもとに
金史良という名前がしるされ

近くの子供たちに
このへんは戦闘の激しい（現在形になってしまった）ところで
たいへんだねというと
おじさんは「当たりに・来た」（過去形）の?という
当たりにきた当たりにきた
日本へはもう戻らない彦太郎に会いに来た
都心から来ると

（大好きなアスパラガスビスケットを二本口に入れたまま）
もぐもぐ　こんなことを待つ
もぐもぐ　こんなことになるのを待つんだと
述べた
述べたのはいまはゆるやかな川のような
見えてしまった橋桁のような
彦太郎よ、とぼくはここではじめて
その人の名前を呼ぶことにする
あたりの土と盧は急速にあたたまり
規則を離れるかに見えた
テグ林檎を拭く小さな店があり
そこに入ると　屋根の下にふさわしいところに
彦太郎がいて
傷んだ足が見えた　当たりつづけ

見たこともないほどに傷んだ　やわらかな指が
針のように
雲のように　回っていた

初恋

I

「明日は　わたしが
わたしのなかへ来てくれますように
風景がなくても」
最初の仕事は歴史的戦争画を仕上げること
井原の場合は「この絵でビルマを全部出す」という看板を

書くことだった
井原も自分に、「井原」を要求した

大きな金色の目を開いた
占領地の仏像の前で
大きな血のベロを出して　若い仏僧たちが
「脇腹」を要求した
畳のようにひろがる駐車違反の道に
いのちしらずの大波、高波をつくる
頭にアオイコオロギがぶつかり
仏像のうらでヒルムシロやキバノロとふれあい暗くなる
戦争画を選ぶと決めたのはそのときで
親しくなったラーと、ひそひそ路上で何かをいいあった
ボボ（隠者）を見に行こう、

絵は波になる
いつまでも波になる

I

「おや、つるにちにち草だ」というルソーの
フランス語はよろこびを叫ぶ
だがそれは
「おいおい、補助婦警だよ」の意味に変わる
つるにちにち草のような
淡青色の制服を
婦警たちは着ていた
のちにその制服は　暗い青色に変更され
「井原」の表札と

目を合わせることになる
家は貧しく　トタンはうすく
ひかれあう目のなかに
ベロの
車が止まる
「こうしていつまで車をとめていられるのだろう」と
比較的ていねいな友人に目を合わせた
合わせるたびに　車を見た
車は蟲のように動くかもしれない
婦警たちの足は走り去っていく
血のボロは残され　明るく高く
懐かしい伊河・洛河となり
絵筆をそこで止めれば
夕日は

下がらない

I

不確かな弟の宿題を解くように
肌を合わせ切ってみた
「井原」は戦争の画家となった
この絵でビルマを全部出す
朝食をぬいても　いつものベロが口のなかにあった
車の場所を何度も見て
安堵の袋を　いっぱいにふくらませた

胸はこんなにいつもいっぱいなのに
違反はひとつ

「それはわかります。
明日も気をつけて、わたしのなかにこられますように」
超然と奥地で陸稲を刈る人たちの
定規のような形相が
絵のなかに浮かぶ
婦警のからだは途中から歩きはじめた
初恋は過ぎていった
駐車はつづき
夕日は下がらない

梨の穴

H・Bは長崎県対馬の　志多賀（したか）生まれ
子供のときの島のおもかげを「対馬幻想行」につづる
廊下で休んでいると
床から三尺高いところで
名前が少し似た　橋詰くんから
鉛筆をもらう
ありがとう　君のものだった鉛筆H・B

平成一八年　飛田いね子は大怪我をして
入っていた「にこにこ交通A保険」に電話をすると
本人が　郡内の三カ所をくるくる回って
五つの書類を届けなくては　お金は一銭も出ないと
「郡内の三カ所を？

大怪我で動けない八四歳のわたしが、ですか？
保険とはおそろしいものですね、石器時代」というと
「みんな、わたしですよ」

いね子の兄は　漁船保険の仕事をしていた
「御前崎に行くよ」（静岡の）
「長崎に行くぞ」（冒頭「長崎」とはここで連結）
「国縫に行くよ」（北海道の）「黄金崎に行くよ」（青森の）と

汽車に乗って　遠くの海辺にでかけた
県内の漁船が転覆、座礁したところへ行くわけだ
兄も　にこにこ保険だったのか
　　　　人は静かに汽車に乗る

　人間がそのなかで生きてきた歴史、
　人間がそのなかで生きている地理。
　　　（高見順「わが胸の底のここには」）

関口知宏は「最長片道切符の旅」
稚内から一万二〇〇〇キロの旅を終え
最後の九州・肥前山口駅で
テレビをみていた　町の人たちの拍手をうける
てれる関口知宏くん　そのとき、

「お母さん、元気?」
誰かが　遠くから関口青年に呼びかけた
関口は前夜
タツノオトシゴの絵をかく(肥前山口がそのシッポ)
でも
「お母さん、元気?」
という声がよかった
四〇年ほどテレビを見てきた人だけのものだ
彼の父　彼の母
を知っている
みんなさびしかった　人は親子でしかなかった
そういう声　もう夜になれば現われない
太陽の声だ

梨を切ったあと　種の近くに
小さな穴　青い洞窟のようなものが
ときどき見えた
何をするためのものだろう
いね子は
郡部の病院の待合室のソファに腰かけると
「もう少し、そっちへ詰めて」
「わたし?」
「ええ。もう少しそっちへ詰めて、青銅器」

H・Bの伯父は
かさぶたをもった人のうしろで
「いい舟だ。いい空だ。君よ遊べ」と、志多賀の青銅器を振った
高らかに種をまくように

いね子の兄は
「船がころんだ。御前崎へ行ってくる」と、弁当の包を振った
よく話してくれた人たちだ
卵焼きひとつで　ほんとうのことを
話してくれた
何をするためのものだろう
青銅器は

映写機の雲

二年先輩のSは　石川が学生のころ
「おまえには　才能はない
趣味で　ユーモア小説でもかいてみろや」
と言った
このSのひとことが
石川の雲を先導した
空が暗いときも　のろのろと　歩いた

走ることはなかった
Sはそのひとことを残して
帰らぬ旅に出た
つまりいまも生きているということだ

その女性もまた旅に出た
石川はある日　夜のテレビで
さほどの罪もない北朝鮮の女性が河原で
公開処刑をされるようすを観た
銃弾を撃ち込まれ　白衣の上半身が
紙のように折れて死んだ
Sはまだそのときも旅に出ていた
まだ彼は生きていたのだ　石川も

「蛇の道はへび」
というのは
とてもよく知られたことばだが
一日にどの場面でもそれをいい
石川は文芸部長にひどく叱られた
文芸部といえば
演劇の世界だが
演劇もまた旅に出ていたのだ
ああ　これでは誰もいないではないか
光をくゆらして
掃除をする人の上半身が
蛇のように道端をながれ
石川のものになりかけた

石川はSの突進を祝うために
バス停でいつものように
バス（やがて来る乗合バス）を待っていた
こんなことをしていては旅にでも出る
ようにみられるなと思い
持参した反物を少し空のほうに上げ
目で楽しむように見て
向こうから来るエンジンの匂いを
待った
ほんのあき時間にも
人に渡すものを
こっそりと見ているのは楽しい
（少しSには大きいが　物は丈夫だ）

映写機は止まったが見物人たちはそのあとも生きていた
あの女性の死の光景はいつだってでてくる
かなしいことに石川は　自分を感じることができない
社会をしか感じとれない、
利己的な人間になってしまった　それは重くかなしい病気だ
このあたりの掃除が足りない
それだけをはじめたいのだ

Sはあるとき
Sよりも年上の男を
「先輩！　先輩！」
とうれしそうに呼んでいた
その先輩、先輩と呼ばれた人は
酒の入ったコップをもちながら　にっこりとわらい

「きみは、ユーモアものでもかいてみたら。あいうえお」
と石川にいった
先輩はこれで二人になった
同じことをいう　これが感じとれる社会だ
でも体制の転覆はないぜ　と
Sのたよりは　かなしいことにふれた
長文でもないので　そこに社会があった　恐怖があった
落ちる帽子を
片手でおさえていた
かたほうの手があることをそれで知った
先輩のことは少しずつ知るしかない
誰もおしえてくれない

「おれの着物はおまえの反物」

そんなことも
Sはいったように思うが
この　いまの思いがうれしくて
少しもそれを真剣にきいていない
「あとから誰かがきくだろう」
石川はそう思い
勇気のある行動に出ようとした
二人の先輩はそのときも心配そうに
石川を見ていた
机と椅子に変な音を出させる
石川のいつもの掃除を

やがて社会は
後輩石川のものとなっていく

石川のすべては石川の七尾工場でつくられていくのだ
女性の白い衣には羽がつけられた
復活のようには生き返らないので
とても時間がかかった
しるしはどこか　死んだところを見ていると
生きているところが見えてくる
多量の血は多量の生存だ
そのときだ
「歩くの、好き!」と　彼女の口が再び開いたのは
だいじなことは耳たぶに
稚魚のように触わるから

着物をきせると
女の肌は　湯を通したようにあたたまった

女は声を出しかけている　それら
その最初の声は美しい
命の夢がふくらんでいるではないか
先輩たちは
生きる女のもとに駆け寄った
後輩石川も生きる　雲のなかを走る

イリフ、ペトロフの火花

傷痍復員兵のための　一時的職業訓練所が
この村につくられたとき
イリフは
六つ下のペトロフと　学帽をしょって
並んで歩いていた

近くを歩くと

顔に　ぱちぱちと
みんなが顔を振るので
二人仲良く、
父と母に「いいよ」といわれ
自分たちも「いいよ」といって
傷病兵の世話役になった

イリフ・ごはんをたいたり
ペトロフ・背中の月を見たり
仕事がないときは
ずれてしまうので
いっしょに花の影を見に
近所の小ロシアの森を歩いた
だいたい　歩調をそろえたし

定位置だし
川辺にあってはとてもよく何でもわかった

「どうしてそんなに世話が　できたのですか⁉」
「ここは昔からロシアの
宿場町だから」と
イリフ、ペトロフ（笑顔で）

二日にひとつしかないパンと
四人をのせたぼろきれのような　いかだが
目を伏せ　布をたぐるようにして
この未知の国に進んできた
お隣りの国、清津の港から流れてきたのだ
（そのままもっと流れていくはずだったのに）

川は増水し
いかだの人びとの鼻が　イリフの鼻に触れた
ペトロフの鼻にも
触れた
六歳下だが、おかまいなく

それからも
まるぼうずのように　くっきりと
二人の影がこの世に浮かぶ
（水に映る、といってよいのかな）とイリフ
（水にはえる、かな）とペトロフ

職業訓練所から外へ出たところで
ペトロフとイリフが

少しずつ疲れを木の陰で解き
うすむらさきになっていることがあった

とてもたいせつな仕事なのに
と
二人はそのことをいつまでも思っていたようだ
自分はにせもの、だからたいせつに
小さな舟が行き来するようになっていたので
三九歳でイリフが死に
その五年あとにペトロフが死ぬ

（水に映る、といっていいのかな）とイリフ
何もいわなくなったペトロフ
少しずつ横たわり

木の陰でイリフを解く

白い色彩

くぎなど三寸もはなれていて、
石にとびつきます。（独歩「山の力」）

一日にたった一度の子供の食事
それまでの長い時間
明治・大正の子供たちは　よく調べた
針金や釘を　動かすことのできる

磁石（じしゃくいし）を
山に行き、さがす　見つけたあとに　ひはんをする
砂地でも山路でも十何日かの漂流ができる

大津の原稿は　的をはずれ
掲載されないことになった
革新政党の機関紙「原色」に
ある嗜好品を厭う過剰な動きは　反対もできずに
一丸となって戦争に向かった戦前の姿に
にていると書いたら　掲載を断る通知が来たのだ
世論に合わないと「革新」政党は
判断したらしい。「これからも多様な意見を
紹介できるよう、編集部は努力をつづけたいと
思っています。大津さま。忘れ得ぬ人、大津さま」（中森）とある

磁石石遊びは楽しい
体調のわるいときなど　石が飛びつくので
雨の山寺でも
明るい乱世のきざしとなる
すっと　すすっと吸い寄せ
鉄の重みもなんのその
紙の下で構えれば　鉄の力士だって動かせる
大津は負けてしまったので
背中もかたい
かたい背中が　白い旗をさげて
友だち秋山が残した　もなか菓子など食っている
「注文をつけてはならない　意見も記してはならない
完全に特集に合うものでなくてはならないと

虹と政治の文の集まりになった
ひはん　の文字は政党機関紙よりも先に
詩歌の雑誌からまっさきに消えたのではないか」と秋山

朗らかでとてもいい人だ
電話をするとよく会社を休んでいる
いずれ体がなくなるところは山に向かう大津とも似ている
もなかを食べたあと
網のついた帽子をかぶり　ものをさがしにいく
山道は長く楽しい
なのに大津ははずかしい
どうしてはずかしいのかは　まだこのときはわからない
いつか赤羽橋あたりで会うだろう
中森記者は「こんにちは。（没の）大津さん」とみるかもしれない

「こちらは何も悪いことをしてはいないのに」
石が真横へ、ぴょーんと飛んだので
すべての赤羽橋がはずかしいことになるのだろうか、友よ

山の頂上が近くなると
黒い磁石石らしいものが少しずつあらわれた
子供に黒が見えない　色彩は白がめじるしだ
女の子のお尻のように
しばらくすると、より白いのもある
磁石石が密集すると
磁力がはたらかないので
どれがその石かはわからない
家に帰り　ひとつひとつ調べるとわかる
食事の時間までが長いのはそこが明治・大正だからだ

もなかを食べながら
紙のおもてには
鉄の力士を立てる
紙の下には　ひとつずつ石を置いていった
これからも人は黙り通して
山道を登るのか　調べる子供はいたのか
明治・大正期は食事の時間までがそれほど長いのか

プリント

朝の松林の
海に近い　斜面の
一五人ほどの人員に
係の人らしい年配の人が
簡単なプリントを
配る
鎌田も一枚もらったが

もう一枚ほしくなり
同じものをもらった

小さな姉が斬られ　血のそばで
小さな弟が　母のように
母のような手あてをする
どこであれ道は　海の波束を輝かせる
矢車草なども使いはじめ

（「親不知／1」）

時刻になると　崖の上のほうから
Oさん、Rさん、Fさんなどがあらわれた
崖の道だから　右に　左にも揺れ
柔らかな紙のように　うわつきながら
下がってくる

そのうち三〇人ほどになり
「余るはずだった　プリント」が
なくなりはじめた
きれいな　かたい潮風
鎌田は「さっき余分にもらったの、
返します！」と
少しずつ崖を登り　係の人にちかづく

まだ子供だから寝るときもふとんを余分にかぶり
不自然なかっこうで寝てそのうちに少しずつ
夜着を完成させて眠るので　別人のような眠り

弟は　崖の地蔵にもたれかかり

プリントをもたない姉は
変わりはてていた

（「親不知／2」）

「では、はじめます」と
係の人は
話をはじめた
今日は
こんな風のなかをお集まり……
鎌田はあわてて崖を登りはじめた
ひとりに一枚ずつ配られた
プリントの白い光が
はためくのを見下ろせた
Jさんが　崖の上にあらわれた

下がってくる！
もうプリントがない
ここにあるものが少しずつない
崖から
矢車草なども押し切りながら
Jさんはまだ静かに
歩いていた
下がってきた
こちらで起きていることのなかに
変わりはてている人のなかほどに

係の人は
プリントのなくなった　手のひらへと
穏やかな目を寄せていた

「誰もが　ここには
来ることになるだろう」と
よく考えても　すなわち
重量をかさねる人のように

矢車草を使い果たし

Jさんはまだ静かに歩いていた
下がっていた

（「親知らず／1」）

酒

朝はどの個人にも　突然荷物がとどく
平成一八年一月。Aさんの梱包から画集をとりだし
画集について
眺めていた
Aさんの梱包の仕方がうまい
酒をのんでいるときしか電話ができないAさん

だが梱包はみごとだ
画集のおおきさを勘定にいれながら
ほんのわずか心地よいばかりの
ある寸法をのこすようにして
しゅっと　堅牢に包まれており
美しい　とても美しい
酒のないときのAさんは
仕事をしているのだ
それを仕事場というのだ（そこには
ろうそくが一本）

〔この詩を見るため、捨てるための手引き〕
最初の一節のなかほどにある「強い母」は、
正しくは「強い母」。最終節のこれもなかほどの

「たぐいまれな薬草」は「たぐいまれな薬草」が
正しい。全体にみえる「酒」も、正しくは「酒」。
いまはこんなことをしている

一九世紀アーヴィングの小説だったか
ある日、現代の青年が山奥にはいると
そこに　昔むかし　このアメリカ大陸に入った
オランダ人が何人か集まり
そのときの服装をして
静かにゲームをしている
生きていれば二百歳にもなる人たちが
二〇年ごとに集まるらしい
彼らはボールを転がす遊びをしているのに
とても悲しいようすである

そのなかのひとりに　青年は酒（動力）を
与える　反響はなかった
でもどこかへ貯蔵したらしい

駅の上下を結ぶエレベーターの前に　一組の母子
「ばかは、そっちでしょ。
お父さんにいいつけるよ！」と母のほうが言ってた
そのあと母子は　お尻から先に
このエレベーターにのりこむ
そしてさきほどと同じ口のかたちで
母はもう一度、同じことを叫ぶ。与える。
「ばかは、こっちよ。お父さんに、いいつけて。でも私は
このエレベーターのなかでは
お父さんなのよ。酔っ払いだからね！」

二人は与え合うと　しゅっと燃えながら
山の中へ帰って行った
高い山の中はこうして
もっとも人が少ないところだ
もっとも反響の多い
ところでもあるのだ（与えると、山を出ていく！）

山の中にも　ろうそくを立てる
ろうそくをもう一本
たててみよう
見えない誰かのちいさな手が　両手といっしょに
映るかもしれない
幻燈のそばにいると
いまここにいることが夢のなかへ

包まれるかもしれない　だから
「寒くても両手を出して
人に何かを送りたい。
ここも、縛ろう」（しゅっと、紐の音）

荷物がとどく

万能膏

少し角ばった日差しのなかを
二人の老婆が歩き
そのうえでたちどまり
話をする

いつもの軟膏が両手につく
足くびにもつく

まだ簡単なものが
助けている
助けて！
という声もないのに

「私なんか、毎日、
つけてるんだから」
月のない道
二人は　舞台のまえにも声をだす

ざるをもって
腕をまるめ　顔のまえに突き出し
我が子を離すように
おもいきり腰を引くところ

安来節のなかでおもしろいとこ
とても楽しいとこ
その「とこ」で
助けられてきた

助かるのはいつも
よその女の子であるのに

軟膏を
預かった皮膚のなかに
やや声をあげながら　すりこむ
舞台につづく
土のない道

駒留

闇になってからというもの
夜は以来
闇だ
顔面がそのまま通るおそろしさ
中学生の弟もじきに高校に行き
夢じらせから遠ざかる
若い女性とも話ができたそうだ

よかよか飴まで
いただいたと
兄にはできないことなのに
「説明を置いていけよ、よかよか飴の説明を」

兄は　やせたい
湯屋に行き
不感温度風呂というものに近づく
体温に近い温度の白い湯の浴槽に
十数人の男がびっしりとつかり
そこから出ない　構えて動じない
どんな説明があるのかと
壁の説明板に近づこうとするのだが
じゃぶじゃぶ

男の皮膚の蹴鞠のなかを進まなくてはならない
湯のなかに駒留石でもあるのか
猛烈に食い止めるものが　打ち破るものが

昭和三十七年ころか
近所のエフ先生が
とても太った
見るからにたいへん太った
女将の江島は
「エフ先生の顔が、あんまり太っておられたので
電車のなかでお見かけしたとき、わかりませんでした」と
そのあとで「わたしも牢屋にいて
暗くて、わかりませんでしたけれど」と。
昭和三十七年ころも闇があったしるしか　風によわい

木につかまったまま大成りに熟する
木練り柿が落ちる
太った　落ちる
やせた　落ちる
納戸に向ってぱたぱたと
駒留だ
ここで止める
背景幕を知るものか
「それなのに、ほんとうによくはたらいてくれるよ」と
物ほこりかな小川が流れる
こぶりな魚　ママカリの尾ひれも

浴槽に日が落ちて
男たちは出ない

城主にも譲れないという顔面はすでに
崩れてしまう山
をつみあげ
朝は早くから　肩で起きる
昼は　鎖にめざめていて
秋は　さっぱ　ママカリを食べる
「ごちそうさん」と小魚の前でいう
ほんとうによく
人ははたらく

本所・松浦侯の屋敷のそば
往来の邪魔になるように
石は置かれていた
その石さえ

よくはたらく　湯につかる
いつも十数人で　白い場所はけむりわたる
兄弟でも色違いだ
白い手と黒い足と白い湯屋だ
「猛烈に打ち破ったりなど　するものか」！
駒留のそばを
モデルのようにやせたママカリが通る
その大成りの眼は小さい
幕に引きおろされるまで通る

干し草たばね人

冷たい人の次は
冷たいこと

画面にあらわれる
おとなの顔を見ると
その人の母の顔が
あらわれる

（「干し草はいつも」）

まず干し草をさっと見て
重さを知り　少しぼんやりして見る
（干し草を見つめるという意味）
人が見ると失われる重さがあり

この間、深夜、テレビをみていたら
映画「テス」がうつる　旧時代の虚構とはいえ
ひどい男が登場した
ひどい男が二人もいたために
美貌のテスは転落
見ていてあまりにかわいそうで
逃げていった城門のようなところに

朝、横になり
まどろんでいた殺人犯テスは
「そうね」
といい
死の国へ向かう　その見えない足首
テスはかわいそうだ
みんなあの男（途中からテレビをつけたから
二番目の男のことしかわからない）
が悪いと思い　五平は
いてもたってもいられなくなり
次の日から
テス！　テス！
と叫んでまわった
ただ叫ぶと

重みがなくなることがあり
テスという名前は
エマに変わる
そういえばエマも
かわいそうだったなと思い（読んだことはないのに）
テスとエマ
になっていった

煙草を吸う場所がなくなり
煙草難民たちの居場所は
テスのように狭められている
「そうね」と
まわりに合わせるようになり
さからう声もとうとう出なくなる

そしてついに二〇〇七年三月一八日を期して
出なくなった
なぜ日本は戦争になったのか　阻止できなかったのか
ということが
これで
よくわかる
健康増進法と治安維持法
「あの、表現□用問題ひとつもうやむやにして、
日中の対話でもないだろう。
中国よ、南京一点張りで、日本を責めつづけよ
2カ国会議に出る必要はない
アジアの詩なんてものはなくていい
あったことがない　見たこともない　つくるな
ひまにまかせてつくるな

いままで何かしていたのか」
そんなことも
もういえない（三月一八日、東日本の新幹線全面禁煙）
国際交流増進は　誰もさからえない戦争のようなもの
「そうね」は
城門となり
荒れ果てた

五平は母親ににていて
その顔のままで
父親に声をかけることが
できるようになった
「誰ひとり反対できなかったのだ。生き写しの息子五平よ、
五平はなんともないか。アロハ」

干し草は
エマのところでは
貴族の中庭にあったが
次第にしおれ　ウェセックスの荒野に引き出された
「そうね」
とテスがたばねると
ダーバヴィル家はそこに完成し
父親母親は　藁をつけたままの
黒い顔で整列する
少しようすを見てみよう
「これまでひとつもしなかったことを
世論のためにふたつもするべきではない」

「テス！」

という　誰かのやさしい呼び声がきこえる
小屋のなかから
干し草のなかから
「エマ!」という呼び声がきこえる
おおきな朝の目が　立ち上がる藁を
のみこむ　つかみきる
いつまでも　干し草はつづく
テスの母「うけとるんだよ」
テス「そうね」(あとにつづく人の　全貌に向かって)
まずしい東部ウェセックス農業
この世の果てに通じる
それはやさしいばかりのものなのに
干し草はつづく　五平の煙草もつづく

テスの声を聞いていたい
ゆっくり聞いていたい
途中から「テス」を見ていた
だけのことなのに
それだけを見ていたわけではないのに
干し草の声はつづく

水牛の皮

ひとりの人間は遠い
遠い人間が泥をつけて立つ
原野か。ぬすっとめ。

四十になる婦人が
スラバヤの鈴虫をジャワ籠に入れて
眺めている

表面を風が吹く　鈴虫はなかなか鳴かない
紙の屋根をはらってみると籠のなかで
ちいさな四角の影が動く　そのうちに
なんらかのものと思われたことが異状なほどに楽しく
感じられてきて
婦人は　身の五線を伸ばし
鈴虫を見つめる　そのうち眠ってしまう

新訳「朝鮮詩集」を読み
いい詩がほとんどない
昔の訳でもきっと同じことだったのだろう
黒い姿は光を抜き
危機を抜ききるかにすべる
りーんりーん

ようようと光をぬき
暗くなる
身をかたむけてもできあがらないものがある
原野か。

青山学院を出て、北部朝鮮に行き行方不明となった
白石　ぺくそく
白石と　親交のあった日本の詩人、故・野山の家に
二十二年前、「野山さんの詩集を貸してください。きっと返します」
遠来の韓国人のために
名前も住所も知らないそのぬすっとのために
婦人は鈴虫の籠から
日本にたったひとつしかない詩集「赤赤江」を取り出し
それを貸した

それは戻らなかった
遠い人は不明になる
ぼくは婦人を電話口で叱った「婦人よ、
汽車に乗ってください。いますぐに！
遠い国へは　いますぐに」

関口知宏「中国鉄道大紀行」の最終日
雑踏でテレビカメラのほうを向き
関口青年は叫ぶ
「旅が終わった気分に、なれない。全然なれなーい」と
レールはほとんど見えなかったが
青年関口さん、さようなら
「また　汽車に乗ってね」
水牛の皮のような土地の貸与からはじまる

子供のような　葉のあしあと

ぬすっとは不明ではなかった
女性をつれて歩いていたが
列車をまちがえてつかまり
老婦人につれられ出頭した
葉はあるきつづけていた
ああそれはいつもどんな文字のなかにもかかれているように
われらを忘れさせる

「ねえ、また汽車に乗ってね。でもテレビのなかで、
汽車に乗るのよ。ただ、汽車に乗ってはだめですよおー」と
目を閉じて人々は青年に叫ぶ　そのあとで祈るだろう
発車のベルは鳴る　鈴虫も鳴く

水牛の皮のような
わずかな土地の貸与から蚕食ははじまった
原野だ。原野か。
「また、汽車に乗ってね」
「乗ってね」
よろこびは
希望を忘れさせる

山塊

事実の出る　事実の裂ける
この　大きな
人の歩みを無念に阻む
大山塊
三好三人衆の行くところ
時代はずいぶんちがうが
三人らしい

今日も　枝の先に里の葉っぱが　ついていたが
あまりの大山塊に
三人もまた　景色の不幸におどろくのだ
とろめんの　アヒルのように
よろこびのまぶたを閉じるのだ

想像のない
絵を見ていても
絵になんの想像のない絵を見ていても
とめどもなく
よろこびはひろがる
かつて人を苦しめるものがあった　いっぱいあった
とでもいうように

一九七八・網野善彦「無縁・公界・楽」
一九八〇・大野晋「日本語＝タミル語同源説」
一九八四・白川静「字統」
は　いずれもそのあとの三人の批判的学問の出発点となったが
発表時は　ちょうど「評論の時代」が去り
読書を世間に　泥のようにふりまわした学生も消え
三人の姿は村落の他には知られず
山塊となった
「学生の読むもの」と　「おとなの開く」ものとが重なり　この
「合わせる」潮のなかで　生まれながらに消され
一九八〇年前後の学問はいまでも
一部のおとなの読書のなか
二十三区のなかにおさまり
「一九八〇年代」は三〇年を経ても

おくれた水塊の山を成している　さらば！　さあれば！

わかった、不幸というのだろう
いまだに不幸というのだろう！
三人の反対者もまた山塊のなかで
冷たい寝息をみせた
上のランプは大きいが
下のランプもつけて見る
視覚を盛ると　吐き出した泥が見える
三好三人衆は　阿波自由党からも来た
人のために動いていて
風邪と　もうひとつの理由で
壊れていた
「大山塊はとてもこまる

大きなものは　いまとなってはとても見てとれない」
人を助けたり　斬っていく
月々の支払をする　見てとれない
一日の苦しみはランプをつけると
はじまる
付属する小さな豆のランプが
下のランプを見つけ
そちらに任せると　少しだけ明るくなり
あとひとつだけになった

あとひとつだけ残った
自分の顔がうつっている
いま流れ行く　どこかの彼らの顔も
大きな水塊

（山塊、水塊と、ややこしいが
それはややこしいよ
どーんと　とろめんの　泥どろの不幸になりたいんだもの！）
その道はその道の数珠つなぎだ
葉の斜面がふくれて　張った
山はとてもおおきな塊　おおきな気の毒なほどの塊に
「夜は見てください
里の葉っぱ」
思うことは三人の寝所の
ずっと先にあるはずなのに
想像のない山の姿が　浮かんでいる

実視連星

石炭が
米のように置かれている
こちらは合図があるまで
待機していた
夜空の星がよく見える場所だ
ダイヤモンドをこするような
合図

配給のようにわずかなので　誰も気づかない
「やっかい　やっかい」

宝石は
ダイヤモンドしか知らなかった
無知で石炭を焚いた
「白いベロを出してばかり
子供のころは」
そんな話をした
二人で話をする時間
だったから

短い音はどこから出るのか
ジャンケンに負けた赤い手を出して

ガザちく　ガザちくと遠い町の音を出して
おもちゃをもって竹藪にかくれた

竹藪のなかは火の雨で
若い男女が脚をそろえて
注意ぶかいキスをくりかえしていた
実視連星は
暗い夜空に
姿を隠しながら黒い米を
つなげるように流れる
順行と逆行　視差　離心率
天体も何かをしていた
配給の石炭はあたためていた

恋は
かなとこ　などを用いる
「痛いから　大きな叫びをあげたいね。
ね、おばさん！
ぼくをすみっこで　産んでくれたおばさん！」

目を放して　戻りあい
「やっかい　やっかい」
いつものコースをたどり
影は二つで並んで
奇妙な方向へとずれていく
正しい道のために　ずれていくのかもしれない

二人はそう　話していた

話をする時間だったから
「そうか、そうか、あったかいか」
とおばさんの返答は
だいぶ（ずいぶん）おそかったけれど
やぶ蚊に刺されても
道をはずれるときも道をまちがえたりはしない
合図のないまま
かなとこを枕に　ぼくは寝てしまう
葉桜と石炭の影が夢のしるしだ

それは静かな夜
実視連星は
いつもの位置で軌道を止めていた

隣りの星に両手を伸ばして
叫ぶこともできた
ガザに生まれることも
できる
もしかしたら　そのようになり
光りつづけるかもしれない
石炭が残る
静かな夜
軌道を止めていた

編み笠

詩「編み笠の店」
津島は　一〇月二六日
その雨の日も　舌を涸らし
店の周囲に。
津島さんは　当店には入らず
ぐるぐるまわっておられます。なんでも
何かのＣＤをさがすのに

さがす方法がわからず冷や汗をかき
それ以来　編み笠をかぶり

詩「朴達の裁判」
シロク（仮名）は大統領を射殺した
シロクがそれをしなかったら
その国はいま　あの北の国よりも
おそろしい独裁と死刑の国になっていたろう
シロクは編み笠をかぶせられた
白い蛍
詩「とは、牛首つむぎ」
加賀藩に移されて以来、こっちの人は行かない
消えた目印
（良い子たちは　クロスをきる）

牛首の里へ　行きなさい
行くときは不幸でも　行きなさい
カレンダーを破りに

詩「有間川の姫」
そこへ行こうとすると
有間の姫は
やめなさい（手と足で踊る）
その丘をこえると
トマト畑がありますよ
きっときっとトマト畑　そういうところですよ
音楽なんかも耳に流れてきますよ
（きれいなお尻から伸びをして）見えるようだわ
「この向こうに　トマト畑があるって

よくわかりますね」
涼しい風は山から吹く
詩「青瓦台から　編み笠に吹く」
韓国一国を救ったはずなのに（二〇年間
どんな民主勢力にもできなかったことを果たしたのに）
シロクを　窮屈な刑場の墓に捨てた
誰もが会わないいきみに会いたい

夜はいつも長めに与えられたので
朴大統領は日本人にいつも説明した
詩「朴は素朴の朴です」と。
それから二七年
いまも勇気にみたされることのない　その南の国の姿
この日の東海道新幹線は一〇人ほど

夜もおそいので
わずかな乗客はみな　編み笠をかぶったまま　死んでいた
そこに　どうしたことか
美人の売り子さんがカートを引いてあらわれ
「いかがですか」
男たちは凍りつき　生き返り　目をひらき
好きでもない弁当とキャラメルなどを
うれしそうに買う
編み笠から　手を出して。裁判。白い蛍。
津島はチョコボールを買った

詩「地上」
李朝末期の雨の地上
ちいさな山寺（やまでら）で

編み笠の二人は　すれちがう
長い道のりに雨は吹く
誰もが会わないきみに会いたい
いつも苦しい目玉に屋根をかけた　ゆるしてくれ！

「これで、いい旅になったね。夜の新幹線はいい」
「幸運だ。白い蛍だ。なかなかあそこまできれいな人は
出ないよ、飛行機には」
客たちは
編み笠をはずし
白い蛍を追う

初出一覧

船がつくる波	書き下ろし
三六度	現代詩手帖　二〇〇七年一月号
度量衡	弦　第五号　二〇〇八年一〇月
彦太郎	現代詩手帖　二〇〇七年九月号
初恋	現代詩手帖　二〇〇七年一一月号
梨の穴	現代詩手帖　二〇〇七年五月号
映写機の雲	現代詩手帖　二〇〇七年三月号
イリフ、ペトロフの火花	現代詩手帖　二〇〇七年七月号
白い色彩	現代詩手帖　二〇〇七年八月号
プリント	現代詩手帖　二〇〇七年六月号
酒	現代詩手帖　二〇〇六年一月号
万能膏	書き下ろし
駒留	現代詩手帖　二〇〇八年七月号
干し草たばね人	現代詩手帖　二〇〇七年四月号
水牛の皮	現代詩手帖　二〇〇八年一月号
山塊	現代詩手帖　二〇〇九年一月号
実視連星	書き下ろし
編み笠	現代詩手帖　二〇〇六年九月号

実視連星《じっしれんせい》

著者
荒川洋治《あらかわようじ》
発行者
小田久郎
発行所
株式会社 思潮社
〒一六二―〇八四二　東京都新宿区市谷砂土原町三―十五
電話〇三（三二六七）八一五三（営業）・八一四一（編集）
ＦＡＸ〇三（三二六七）八一四二
印刷所
創栄図書印刷
製本所
小高製本工業
発行日
二〇〇九年五月一日